COLECCION SIN FRONTERAS

Aves del Manglar

Arturo Sosa

Revisión Técnica: Erasmo Sosa López y Pilar Thorn

Diseño Gráfico: Liliana Villeda

Tegucigalpa, Honduras 1999

Aves del Manglar

Primera edición, octubre de 1999

Tels.: (504) 221-1951
Fax: (504) 238-6430

Separaciones de Color: MegaColor
Impreso en Línea Gráfica
Tegucigalpa, Honduras

500.9 Sosa Carrasco, Ramón Arturo
S715 Aves del manglar / Ramón Sosa Carrasco,
Revisión: Erasmo Sosa López y Pilar Thorn;diseño
Grafico:Liliana Villeda.—1a. ed.—Tegucigalpa;
(Línea Gráfica), 1999
64p.; Fotografías.—(Sin Fronteras; No.1)

Bibliografía al final de la obra

ISBN 99926-20-11-0

1.- CIENCIAS NATURALES
2.- AMBIENTE NATURAL

Para Beatriz, Alberto, Andrea, María José y Aníbal.

PRÓLOGO

No es difícil introducir la obra de Arturo Sosa desde el punto de vista profesional y artístico. Por el contrario, se me dificulta el poder describirles lo que ha podido lograr al querer compartir con todos nosotros sus éxitos al plasmar en este libro fotos únicas, como la secuencia de caza de un Águila Pescadora, verdadero trofeo a la paciencia y acuciosidad; o en querernos narrar sus experiencias con la impresionante naturaleza y cultura catracha que de manera magistral nos transporta al laberíntico bosque de mangle del Pacífico de nuestro país, exponiéndonos en cada página a un mundo insospechado de nueva información visual y técnica, de manera agradable y sensible.

Esta obra "Aves del Manglar" sin temor a equivocarnos será de utilidad no sólo para el observador de aves, sino también para todos aquellos que pasamos de sorpresa en sorpresa con la apasionante historia natural de Honduras.

Pero no nos detengamos más, ya que se nos "puede escapar el pájaro"...

Erasmo Sosa López
Biólogo

INTRODUCCIÓN

A principios de este año, decidí embarcarme en la aventura de fotografiar la mayor cantidad posible de especies de aves en el bosque de mangle de la zona sur de Honduras.

Ingenuamente, pensé que quince días me bastarían. Nunca y debo repetirlo, nunca sospeché de la interminable biodiversidad y belleza que encontraría. Documentarlas no es cuestión de días, sino de años.

Aves del Manglar no es una guía de campo especializada, llena de términos científicos que requieren años de estudio, mas debo aclarar que casi toda la información escrita que aquí aparece, es producto de varios autores que sí son especialistas en el tema y el mérito es suyo. Mi trabajo consistió en investigar, recopilar y redactar una síntesis, volver accesible una pequeña parte de todo ese vasto conocimiento. De hecho, este libro no trata exclusivamente de aves: trata de su riqueza y la mía como hondureños, de lo que le heredaremos a sus hijos y los míos. Son apuntes de un viaje y de todo lo maravilloso que se dio frente a mi cámara en ese pedazo de Honduras.

Arturo Sosa
19 de marzo de 1999

¿QUÉ ES UN MANGLAR?

Es un bosque de árboles y arbustos muy particulares que se han adaptado para crecer en las tierras bajas a orillas de los mares tropicales.

Son particulares puesto que crecen en tierras que se inundan hasta cierta altura cuando la marea sube. Los niveles de salinidad y humedad son tan altos que sólo este tipo de vegetación puede sobrevivir.

Por un lado, el manglar forma una barrera natural que protege al hombre de las inundaciones y de los vientos huracanados. Por el otro, es un hábitat único para cientos de especies diferentes de la flora y fauna. En Honduras, se puede encontrar manglar tanto en la Costa Norte (Mar Caribe) como en la Zona Sur (Océano Pacífico).

El Litoral del Pacífico comprende la faja costera de los departamentos de Valle y Choluteca, los cuales son bañados por las aguas del Golfo de Fonseca. El bosque de mangle de esta zona, está distribuido a lo largo de los 135 kms. de costa. Siendo tan extenso, decidí concentrarme en dos puntos: la laguna de invierno El Jicarito y Granjas Marinas San Bernardo, ambas en el departamento de Choluteca.Es aquí, donde comienza este libro.

"De mayo a enero, la laguna cobra inusitada vida..."

El Jicarito

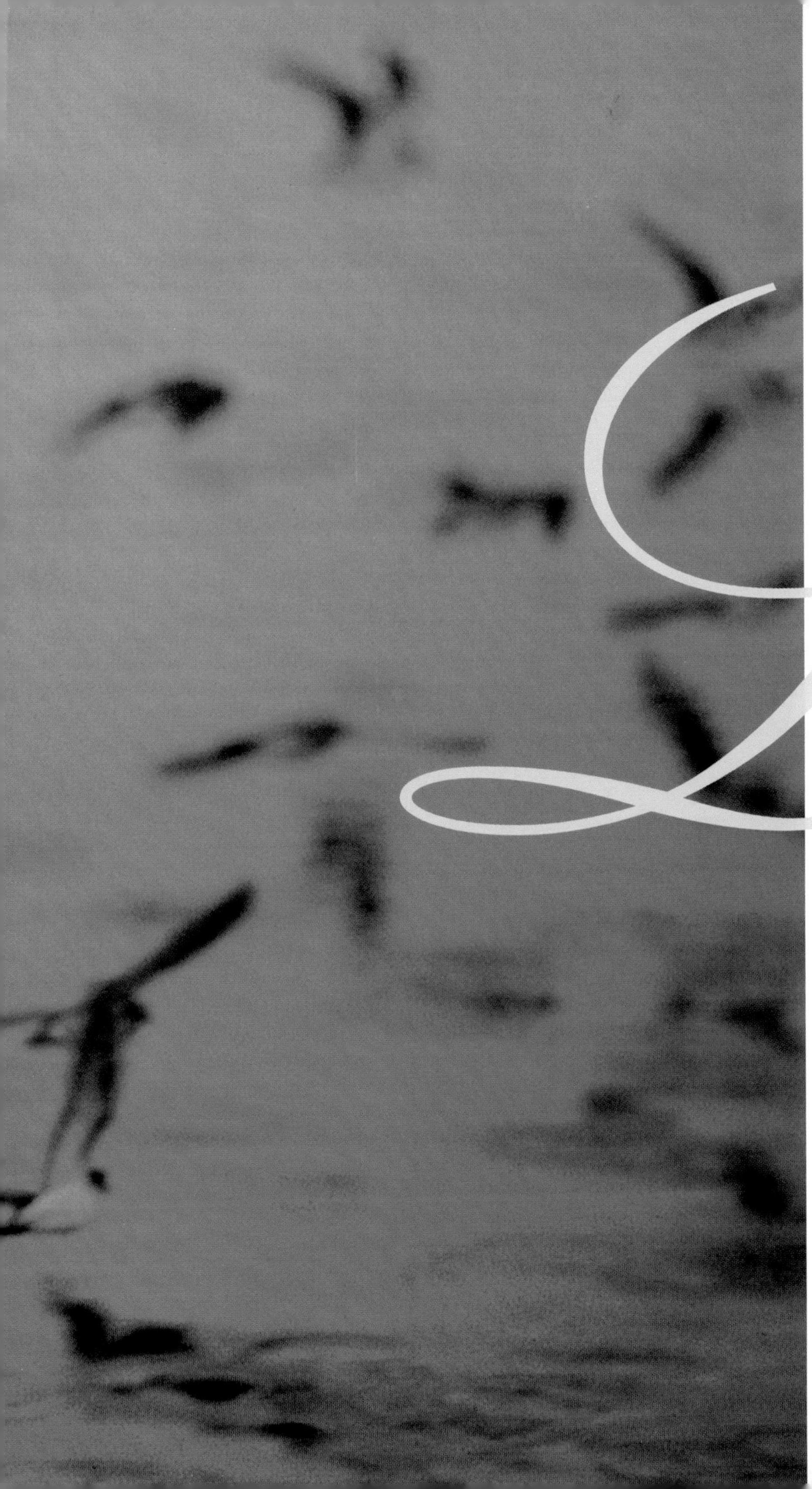

Día uno

La laguna de invierno El Jicarito se localiza en el municipio de Choluteca y tiene una extensión de 984.48 hectáreas (1,412 manzanas).De acuerdo al Mapa de Áreas Protegidas de Honduras, la laguna es un refugio de vida silvestre y pesca artesanal, que pretende: "Asegurar la supervivencia y recuperación de poblaciones de especies consideradas raras, amenazadas o en peligro de extinción".

De mayo a enero, la laguna cobra inusitada vida gracias a las lluvias torrenciales y a las mareas altas de los esteros con los que colinda. En esa época, sirve de sostén económico a los pescadores artesanales que se dedican principalmente a la captura del camarón adulto y en larva para vender a las granjas camaroneras cercanas.

"En un equilibrio perfecto, aves migratorias y permanentes comparten el mismo espacio".

Peces, cangrejos, camarones, insectos, plantas, todo se reproduce con pasmosa abundancia durante el invierno y, con ello, se dan las condiciones para que miles y miles de visitantes acudan al Jicarito.

Existen más de 9,600 especies de aves en todo el mundo. En Honduras tenemos aproximádamente 720 de las cuales 67 se han observado como residentes temporales en esta laguna y 27como residentes permanentes. El reporte, junto con otros datos, proviene de las investigaciones de Félix Wainwrigth, Director Técnico de la Asociación Nacional de Acuicultores de Honduras (ANDAH) y estudioso de la biodiversidad de la zona. En un equilibrio perfecto, aves migratorias y permanentes comparten el mismo espacio. Aquí se reproducen, anidan o descansan.

Aves migratorias? ¿Por qué emigran ciertas aves? La respuesta es muy sencilla: ¡Tienen que hacerlo! En nuestro continente, la mayoría de las aves migratorias residen buena parte del año en Norteamérica. Cuando llega el invierno, la comida escasea debido al frío y la nieve; así que las aves vuelan hacia el sur en busca de mejores oportunidades y el manglar es el destino de muchas.

Pero ahora estamos en enero. El verano ya comenzó y las temperaturas son bastante altas: la laguna está prácticamente seca. La mayor parte de las aves migratorias, que comenzaron a llegar desde agosto, ya han tomado la ruta de regreso. Las pocas que quedan lo harán antes que se evapore la última gota de agua.

Lo que antes era un enorme espejo de agua, se ha convertido en tierra caliente, llena de matorrales secos.

Desgraciadamente, durante estos meses algunos ganaderos inconscientes conducen sus rebaños al refugio. El ganado con sus pisadas, compacta el terreno, impidiendo la circulación del aire necesario para la descomposición de la materia orgánica. Es tierra que no respira, condenada a la erosión.

Subido en el techo del carro, puedo observar algunas pozas en donde se concentran las aves. Después de dos días reconociendo el terreno en compañía de Félix y ver lo que queda de la laguna, me preocupa el haber llegado tan tarde.

Son las cuatro de la tarde y mi termómetro marca 43 grados centígrados. Es una calurosa bienvenida.

"Es tierra que no respira, condenada a la erosión".

Loquilla, Soldadito o Gallito de Costa
Himantopus mexicanus
Familia: Recurvirostridae
Longitud: 36.83 cms.

Día dos

Empecé el día muy temprano. A las 6:30 a.m. y después de ocho kilómetros de terracería, ya estaba sentado, camuflado, en una orilla de la laguna. Frente a mi cámara, una bandada de loquillas buscan insectos y pequeños crustáceos. Son pequeñas y muy nerviosas. Al menor asomo de peligro, armarán tal escándalo que le harán justicia a su nombre común.

La loquilla es una esbelta ave de colores blanco y negro. Tiene un pico negro, recto y sus patas y ojos son de color rojo. Se alimenta en aguas poco profundas y es gregaria.

Himantopus mexicanus es el nombre científico de la especie y loquilla o gallito de costa, son nombres comunes que les ha dado la gente aquí en el Sur. ¿Por qué un nombre en latín? Dado que un ave puede recibir diferentes nombres en diferentes lugares, los ornitólogos han decidido darle uno solo para que pueda ser identificada en cualquier parte del mundo.

La loquilla pertenece a una categoría superior (familia) que agrupa a dos especies de pequeñas, elegantes y esbeltas aves que se encuentran distribuidas en todo el mundo y que ponen sus nidos en colonias, entre otras características.

La longitud de una ave se mide de la punta del pico hasta la punta de la cola, con el ave acostada sobre su espalda. Es un dato promedio de la especie, ya que se pueden encontrar especímenes más grandes o más pequeños. De algunas otras aves conocemos también su envergadura, la cual se mide de un extremo del ala hacia el otro.

A pocos metros de las loquillas, un garzón blanco levanta el vuelo. A pesar de su tamaño, es bastante huraño y no le permite al hombre acercarse mucho. Gracias al lente telefoto, he podido reconocer su pico amarillo y sus patas de color negro lustroso. Junto con el tamaño, éstas son algunas de sus marcas de identificación; pistas que ayudan al naturalista a diferenciar una especie de otra. Colores, señas particulares o formas de comportamiento también nos ayudan a identificar. Por ejemplo, el garzón blanco tiene un caminar pausado con la cabeza siempre en alto, majestuoso. Pesca casi sin moverse, acechando pacientemente.

De acuerdo a mis apuntes, varias especies de garzas son las que conforman la familia Ardeidae: familia de aves zancudas, patas y cuellos largos con picos rectos y terminados en punta. Cuando vuelan contraen el cuello y extienden las patas. Se alimentan principalmente de peces y pequeños vertebrados que obtienen en las playas o en aguas poco profundas.

A las garzas se les encuentra distribuidas por todo el mundo. Muchas especies son altamente gregarias y otras son solitarias o viven en pequeños grupos.

Garzón blanco
Ardea albus
Familia: Ardeidae
Longitud: 99cms.
Envergadura: 129.5 cms.

"Cuando vuelan contraen el cuello y extienden las patas".

A primera vista, la garza nevada se confunde con un garzón blanco pequeño. Observándola con más cuidado, el parecido se rompe. El pico y las patas de esta garza son de color negro y el iris de sus ojos y dedos, son amarillos. Al contrario del garzón, cuando pesca se mueve enérgicamente, removiendo el agua con las patas para descubrir a su presa. Como el hombre, las aves también poseen su propio código para intercambiar ideas o significados. Por ejemplo, el aparente desaliño de esta garza macho no es otra cosa, sino su manera de notificar que se encuentra lista para aparearse. Delicadas plumas que le aparecen en la cabeza, cuello y espalda, brillan conforme la luz las ilumina al mismo tiempo que sus patas cambian a un color naranja. ¡Las ocurrencias del amor!

Garza Nevada
Egretta thula
Familia: Ardeidae
Longitud: 63.5 cms.
Envergadura: 104.1 cms.

Caracara
Polyborus plancus
Familia: Falconide
Longitud: 50.8-60.9 cms.

El caracara es una ave típica de nuestro país y aunque es ampliamente conocida por la gente del campo, se mantiene casi en el anonimato entre los citadinos. Su nombre tan singular es onomatopéyico y acostumbra andar en parejas o pequeños grupos.

Como sucede a menudo, me encontré este caracara caminando por el suelo en busca de insectos y pequeños animales, parte de una dieta que se compone también de cadáveres recientes. Existen reportes que el caracara aprovecha los incendios en las zacateras o guamiles para cazar a sus presas huyendo del fuego, o a las ya carbonizadas.

"Para los peces, la suerte está echada".

Día cuatro

Soy testigo del espectáculo más dramático de la naturaleza: el de la vida y la muerte.

He encontrado una bandada no menor de veinte águilas pescadoras, alimentándose de cientos de peces que han quedado atrapados en aguas cada vez menos profundas. Robalos, corvinas, bagres, sardinas, cuatro ojos y quién sabe qué más, han quedado a merced de los depredadores en el canal de abastecimiento de Aquacultura Fonseca, una granja camaronera que bordea la laguna. Ha llegado el momento de limpiar el canal y para esto debe quedar completamente seco. Para los peces, la suerte está echada.

Ver cómo pesca esta majestuosa águila, con sus casi dos metros de envergadura, es un espectáculo impresionante.

El águila pescadora vive cerca del agua dulce o salada. Se alimenta principalmente de peces. Vuela en círculos y cuando divisa su presa, se deja caer desde lo alto con las garras por delante para sujetarla. Hecho esto, se levanta con ella para devorarla fuera del agua.

La familia Accipitridae es un grupo muy variado de aves rapaces diurnas, distribuidas en todo el mundo. Todas se caracterizan por un fuerte pico en forma de gancho y garras poderosas.

Las hembras son más grandes que los machos y, dependiendo de la especie, se pueden alimentar de insectos, pájaros, mamíferos pequeños, reptiles y peces.

2:00 p.m. Hace muchísimo calor. Las águilas han hecho un descanso, buscando protegerse del inclemente sol y en su lugar, han aparecido bandadas de garzones blancos, garzas azules (Ardea herodias) y cigüeñas (Mycteria americana). Para mí, la jornada de hoy terminó. Es hora de regresar al hotel.

Águila Pescadora
Pandion haliaetus
Familia: Accipitridae
Longitud: 50.8-55.8 cms.
Envergadura: 147.3-182.88 cms.

Día cinco

Es muy de mañana. Estoy a orillas de la carretera que conduce al refugio. Una bandada de zopilotes de cabeza negra ha encontrado una res muerta y está en pleno festín.

De niño, mi abuela me contaba que los zopilotes tenían su propio rey: un zopilote más grande que los demás y con un elegante plumaje blanco. Le decían Zopilote Rey y cuando la bandada encontraba comida, todos se hacían a un lado para que comiera primero el monarca.

Con los años descubrí que el zopilote rey es otra especie de la familia Cathartidae, la cual agrupa a las llamadas auras americanas; animales carroñeros distribuidos ampliamente en todo el continente y en especial en los lugares más cálidos.

Las débiles garras de los zopilotes no están diseñadas para capturar presas vivas. Tampoco construyen nidos, sino que buscan huecos en los grandes árboles o cavidades en las rocas. Durante la noche, la bandada duerme junta.

El zopilote de cabeza negra es muy común en las ciudades y los pueblos. En tierra, se reconoce por su cabeza y cuello sin plumas y de color gris oscuro. Existen cuatro especies de zopilotes en Honduras: el de cabeza negra, el de cabeza roja, el de cabeza amarilla y el zopilote rey. Aunque todos son vistos con desagrado por el hombre, cumplen una función vital de limpieza en la naturaleza. La bandada estará aquí hasta que no quede más que los puros huesos del cadáver.

Zopilote de Cabeza Negra
Caragyps atratus
Familia: Cathartidae
Longitud: 60.9-68.5 cms.

Mi presencia en El Jicarito ha terminado. Mañana debo estar en San Bernardo.
Afortunadamente, con los últimos rayos del sol descubro dos nuevas especies de una misma familia. Chorlos, playeros y alzaculitos son nombres comunes con que han sido bautizadas algunas especies de la familia Scolopacidae.

Esta familia comprende más de 30 especies distintas. Todas son aves de orilla, gregarias, altamente migratorias y muy difíciles de reconocer ya que se parecen unas a otras.

La noche empieza a caer y una nube de voraces zancudos, burlándose de mi repelente, me rodea. Es mejor empacar.

Chorlo
Tringa melanoleuca
Familia: Scolopacidae
Longitud: 30.4-38.1 cms.

23.

San Bernardo

Granjas Marinas San Bernardo es la granja camaronera territorialmente más grande de América Latina. Ubicada en el municipio de Namasigüe, tiene una extensión de 5,206.08 hectáreas (7,466.8 manzanas)
Rodeada por los esteros de San Bernardo, Pedregal y Las Mujeres, la granja es un enorme libro viviente donde se pueden ver a muy corta distancia, una gran cantidad de especies diferentes de animales. Aquí es donde conocí el famoso mangle rojo.

Día seis

Con el lodo "tragándose mis botas" avanzo muy despacio, procurando no dejar caer la cámara ni el orgullo. La adrenalina y la curiosidad me ayudan a seguirle los pasos a Don Rufino Montes, un vigilante con muchos años de trabajar en Granjas Marinas y que me ha prometido mostrarme el mangle rojo en el estero San Bernardo.

El mangle rojo es la especie de árbol dominante que crece en la faja de tierra más cercana al mar. Su tronco principal emerge de las raíces arqueadas que sobresalen del agua durante la marea baja.

Es increíble que un árbol tan grande pueda crecer en lo que para mí es lodo puro. Pero todavía, falta por descubrir el porque de su nombre. Don Rufino me pide que arranque un trozo de corteza y entonces:

La corteza del mangle rojo ha sido usada desde hace muchos años en la curtiembre de pieles. Además su madera es muy cotizada para la construcción de viviendas y como leña en el hogar. Con tantos usos, no es de extrañar que ya no sea tan común como antes.

Mangle Rojo
Rhizophora mangle

Avicennia germinans

El curumo negro es otra especie que crece en el manglar. Sin la espectacularidad del color del mangle rojo, se caracteriza por sus ramificaciones en forma de estaca que le proporcionan el oxígeno que necesita.

El suelo de manglar, que aquí se le llama "ñanga", es un profundo depósito de materia orgánica en descomposición. Aventurarse a caminar sobre él puede ser una decisión equivocada ya que, cuentan los lugareños, es fácil hundirse hasta la cintura o más, situación poco saludable cuando la marea sube. Este rico sedimento da vida, no sólo a una selva casi impenetrable, sino también a miles y miles de peces y crustáceos.

Un hambriento cuatro ojos mira a su desayuno con la esperanza que no huya.

Anableps anableps

Siendo un pescador ocasional (una vez a las cansadas), no podía dejar pasar la posibilidad de documentar la pesca artesanal. Además, mi suegro me había comentado muy al descuido, al tiempo que me entregaba una nevera, no desperdiciar cualquier oportunidad de regresar a casa con pescado fresco.

Así que cuando Saúl Betancourt, jefe de seguridad de Granjas Marinas me invitó a pescar, acepté inmediatamente.

Los pescadores pueden utilizar diferentes métodos para todo tipo de presas. Si están en un río en busca de tilapias y cangrejos, pueden lanzar la atarraya….

….o pueden "cuevear"

Paulino, el hermano de Saúl busca afanosamente bajo el agua.

"Cuevear" consiste en buscar con las manos, a ciegas, las cuevas donde se esconden las presas. Si encuentran una, meterán la mano y tratarán de atrapar al inquilino.

¡ Pero será Saúl quien encuentre al suculento guapote !

Para mí, esto ha sido la prueba máxima de habilidad y como todo en la vida, no está exenta de cierto peligro. A veces el encuentro es con una jaiba y las consecuencias son tremendamente dolorosas. ¡La experiencia habla!

Cigüeña
Mycteria Americana
Familia: Ciconiidae
Longitud: 89 a 101.5 cms.
Envergadura: 167.6 cms.

Día nueve

Tras dos días de intensa búsqueda, por fin he encontrado la bandada completa de cigüeñas. Con mi telefoto, cuento más de 76 miembros descansando a orillas de una laguna.

Mi primer contacto con estas aves migratorias había ocurrido días antes en El Jicarito, cuando logré capturar a un solitario ejemplar. Era la primera vez que miraba una cigüeña y debo reconocer que su tamaño me impresionó. Sin embargo, no es la más alta de las aves voladoras de América. El jabirú, otra especie de cigüeña y en peligro de extinción, tiene las medidas del primer lugar: de 129 a 152 centímetros de longitud.
Cuando las cigüeñas están en tierra, se puede apreciar que su cabeza y la parte superior del cuello no tienen plumas y son de color negro pálido. Cuando vuelan, se pueden confundir con las garzas, pero se reconocen porque lo hacen con el cuello extendido.

Mezcladas entre las cigüeñas descubro una pareja de garzas rosadas.

Con una longitud entre 71.1 y 81.2 cms, la garza rosada es una ave sumamente llamativa por todos lados. Inevitablemente, su nombre en latín arranca una sonrisa: Ajaia ajaja. Su pico es largo, plano y al final se ensancha tomando la forma de una espátula. De ahí que haya quienes la llaman Espátula Rosada.

La cabeza no tiene plumas y su cuello es blanco, en contraste con el cuerpo que es de color rosado pálido. Un color nada común entre las aves que acostumbramos a ver los hondureños. De hecho, mucha gente la confunde con el flamenco.

Finalmente, la garza rosada pertenece a una familia con un nombre impronunciable: Threskiornithidae

Demasiado rápida para el fotógrafo, esta garza rosada escapa velozmente antes de ser enfocada.

Día diez

La jornada comienza de nuevo en San Bernardo. Conforme avanzo en el carro, bandadas de patos aguja (Anhinga anhinga) y cormoranes café (Phalacrocorax olivaceus) levantan el vuelo asustadas. Devoradoras de camarón en grandes cantidades, especialmente el cormorán que come tres veces su peso corporal al día, estas dos especies han encontrado aquí el paraíso terrenal y por lo visto, prefieren mantenerse fuera del alcance de mi cámara.

A quien no parece importarle es a esta garcita morena.

Aunque básicamente nocturna se le puede ver, de vez en cuando, pescando durante el día. Éste es un ejemplar ya adulto por lo menos de tres años de edad. Antes de ese tiempo se le considera juvenil y su plumaje es de color café con puntos blancos.

Este cambio es parte de las maravillas de las aves. Muchas especies cambiarán no una sino tres o cuatro veces el color de sus plumas a lo largo de sus vidas. Incluso, en algunos casos, el plumaje del macho y la hembra difieren tanto, que la gente los considera especies diferentes y les dan nombres distintos. La zanata y el clarinero, tan comunes en nuestro país, son ejemplos perfectos.

Garcita Morena
Nycticorax violaceus
Familia: Ardeidae
Longitud: 51-58.5 cms.

Garza Verde
Butorides virescens
Familia: Ardeidae
Longitud: 38-43 cms.

Camuflada entre las ramas y sin mover un sólo músculo, la garza verde es difícilmente reconocible.

Aunque pertenecen a la misma familia, la garza verde no comparte los mismos hábitos de exposición que la garza morena. Usualmente solitaria, se le encuentra en lugares pantanosos o de poca corriente y rodeados de vegetación donde pueda esconderse.

Gavilán Negro
Buteogallus anthracinus
Familia: Accipitridae
Longitud: 45.7-53.3 cms.
Envergadura: 109.2-127 cms.

Junto con el águila pescadora éste es el depredador más grande que he visto y me ha sorprendido su abundancia. Todos los días observo de uno a tres ejemplares.

El gavilán negro es un fuerte cazador diurno. Como su nombre lo indica, su cuerpo es de color negro y su cola tiene dos franjas blancas: una ancha y la otra muy delgada exactamente al final. Se alimenta de cangrejos, reptiles, peces y ranas que captura con sus afiladas garras y fuerte pico en forma de gancho.

Tras años de evolución, el gavilán negro sabe que ocupa una posición cimera en la cadena alimenticia. Con pocos enemigos naturales, el ave no le tiene miedo a un fotógrafo y le permite acercarse.

Como otras aves, la bujaja tiene un nombre onomatopéyico más fácil de recordar que el científico.

Encontrar una bujaja es difícil, un buen golpe de suerte para un principiante. Estrictamente nocturna, descansa en lo más denso del follaje durante el día, lo cual lleva a que se conozca muy poco de esta ave. Cuando el sol empieza a ocultarse, levanta el vuelo para ir solitariamente en busca de alimento.

Bujaja
Cochlearius cochlearius
Familia: Ardeidae
Longitud: 45.5-53 cms.

En las primeras horas del *día doce*, un zopilote de cabeza negra extiende las alas para recibir el sol. Hacerlo no sólo le eleva la temperatura después de una fría noche, sino que además le funciona a las mil maravillas como bactericida. Asimismo, la exposición directa al sol obliga a los incómodos parásitos de plumas y piel a concentrarse bajo las alas o a subir a la cabeza, lugares donde pueden ser fácilmente eliminados por el ave.

44.

Un floreado madreado proporciona el desayuno a una de las quince especies de chorchas u orioles que existen dentro de la familia Icteridae. Es más, son tantas y tan parecidas entre sí que es muy difícil identificarlas en el campo.

Una de las especies más conocidas y que por cierto pasa el invierno en Centroamérica, es el Oriole de Baltimore, llamado así en honor a Lord Baltimore, fundador de Maryland, Estados Unidos y cuyo escudo de armas tenía los colores negro y naranja. Los mismos colores que usa el equipo de béisbol estadounidense.

Día trece

Después del huracán Mitch, Saúl encontró malheridos a una pareja de pelícanos blancos (Pelecanus erythrorhynchos). Se los llevó a casa y los cuidó hasta que se recuperaron.

Pasaron tres meses y las aves seguían ahí. Obviamente, ¿quién abandona cariño, casa y tres tiempos de comida gratis? Así que cuando Saúl me contó la historia, yo decidí autoinvitarme a su casa y fotografiarlos.

Si la bujaja había sido un golpe de suerte, con estas grandes aves migratorias me saqué la lotería.

Pelícano Blanco
Pelecanus erythrorhynchos
Familia: Pelecanidae
Longitud: 152.4-182.8 cms

Con una envergadura entre 152.4 y 182.8 centímetros, el pelícano blanco es una ave pesada y aparentemente poco diestra en tierra, un calificativo absurdo cuando está en el agua.

Durante el invierno es un personaje común en el manglar del Pacífico pero no en el manglar de la Costa Norte donde predomina el pelícano café (Pelecanus occidentalis).

Quizá lo más llamativo del pelícano es su enorme saco gular que abre como una gigantesca red de pesca a la hora de comer.

Afortunadamente, la casa no sólo alberga a Saúl, familia y pelícanos, sino también a un perro, un gato, un alcaraván y un piche.

Alcaraván
Burhinus bistriatus
Familia: Burhinidae
Longitud: 45.5-50.8 cms.

El alcaraván es una ave terrestre que prefiere correr antes que volar. Vive en sabanas áridas o semiáridas y acostumbra andar en pareja o en pequeños grupos. Durante el día, descansa bajo la sombra de los árboles y arbustos.

En la noche y antes del amanecer, el alcaraván sale a cazar insectos, pequeños reptiles y anfibios. Sus grandes ojos amarillos están diseñados para operar en condiciones muy pobres de luz.

Anteriormente, durante los meses de noviembre y diciembre, cazadores deportivos nacionales y extranjeros solían venir al Sur para la temporada del piche, yaguaza y paloma. Miles de estas aves llegaban atraídas por la abundancia de comida.

El piche es un pato que junto con los ganzos y los cisnes pertenecen a una misma familia: aves acuáticas, cosmopolitas y famosas por el delicado sabor de sus carnes.

En días pasados, recibí una invitación para ir a cazar piches. Aunque no comparto la afición, acepté intrigado por saber cuál sería mi reacción al momento de la cacería. Recordé que de niño, solía andar con mi honda, como muchos otros, matando pichetes y pájaros.

El día esperado llegó y pude constatar con horror, la crueldad e ineficiencia del ser humano. Al dispararle a la bandada en reposo y con la munición incorrecta (un cazador deportivo jamás haría esto), una o dos aves caen tras el impacto mortal de los perdigones. Pero otras escapan malheridas, condenadas a morir inútil e irremediablemente fuera del alcance del cazador. Sinceramente, me dio mucha pena haber ido.

Piche
Dendrocygna autumnalis
Familia: Anatidae
Longitud: 45.72-50 cms.

Lora Nuquiamarilla
Amazona auropalliata
Familia: Psittacidae
Longitud: 35.5-38.1 cms.

Desdichadamente, no sólo el piche está amenazado. La lora nuquiamarilla se reconoce por la mancha amarilla en la parte posterior de la cabeza. En libertad, vive en sabanas áridas o semi áridas con árboles dispersos. Pero en Tegucigalpa, una lora nuquiamarilla tiene un precio muy alto. Un valor determinado por la enorme capacidad que tiene para "hablar", para imitar la voz humana. Es el precio que la condena a una jaula.

Las loras, guaras y pericos son un grupo de coloridas y bulliciosas aves que anidan en cavidades en los árboles o paredes rocosas.
Es una familia muy grande compuesta de 23 especies diferentes. Se alimentan principalmente de frutas y semillas, que levantan con sus hábiles garras y que le permiten además, caminar muy fácilmente sobre las ramas.

La guara roja, nuestra Ave Nacional.
Inconfundible y en peligro de extinción.
La guara es víctima de su propia belleza y de la codicia del humano.
Esta hermosa ave de soberbio colorido, acostumbraba a volar sola o en pareja en lo más profundo del bosque de mangle.
Su valor como mascota ha impulsado un lucrativo comercio ilegal llevándola al punto de su casi desaparición total.

Estos dos ejemplares fueron capturados en Nicaragua y vendidos aquí en Choluteca. Para fotografiarlos, tuve que sacarlos de su jaula.

Guara Roja
Ara macao
Longitud: 81.2-96.52 cms.

Hoy es *día quince*: el viaje se acabó. He vuelto a El Jicarito con la esperanza de capturar las últimas imágenes. A lo lejos, una bandada de yaguazas (que nunca pude fotografiar) nada tranquilamente y varios garzones acechan, con paciencia, la cena.

El aire ha comenzado a enfriar, nuevos y diferentes sonidos se escuchan. Sólo en varios kilómetros a la redonda, una serena alegría me invade. He visto y aprendido cosas que no salen en los libros. Dios me ha permitido ver lo que siempre ha estado presente: la verdadera riqueza del hondureño.

Proyectos extraordinarios nacen y cruzan a velocidades inverosímiles por mi mente; hay tanto que hacer, tanto que documentar.

Desde una rama desnuda, un gavilán mira su territorio, su casa. Un espacio cada vez más pequeño, cada vez más invadido por el hombre. El crecimiento poblacional humano implica, inevitablemente, nuevas tierras donde asentarse, madera para construir viviendas, leña para el fuego y actividades económicas de sostenimiento: caza, pesca, agricultura, industria y comercio. Todo esto se traduce, cuando no es hecho de forma sostenible, en destrucción del bosque, extinción de especies y con ello el descalabro irreparable del ciclo vital de la naturaleza. La ambición desmedida y la ignorancia han guiado, con frecuencia, al uso irracional de los recursos naturales, nuestros recursos.

Aquí vive una enorme riqueza que debe preservarse. Pero ¿cómo preservar lo que no conocemos? ¿cómo salvar por ejemplo a la boa rosada de los Cayos si nunca la hemos visto? ¿cómo alterar este curso que nos conduce a un futuro yermo, desolado?

Identificar, inventariar y proteger son las claves de la conservación y un buen punto de partida. La respuesta está en nuestras manos: es hora de comenzar.

AGRADECIMIENTO

Aves del manglar es el primer libro fotográfico sobre el tema que se publica en Honduras. A lo largo del proceso, conocí personas maravillosas que me ayudaron de una u otra forma. Gracias es una palabra muy corta.

Este libro comenzó a fraguarse hace dos años con Olvin Andino. La deuda es enorme.

Giovanni Bardales, Adela Ortiz y Carolina Alduvín corrigieron concienzudamente el manuscrito.

Erasmo Sosa me enseñó cómo construirlo, me apoyó en todo momento y terminó escribiendo el prólogo y revisándolo técnicamente. Félix Wainwrigth se tomó la molestia de guiarme por El Jicarito y San Bernardo; me mostró las primeras aves y compartió el fruto de sus investigaciones. Muchos de los datos que aparecen provienen de sus escritos.

Por último, Pilar Thorn, la máxima autoridad en aves de Honduras, me dio los últimos tirones de orejas y acabó aprobando y ampliando la versión final. A todos ustedes, gracias por compartir sus enormes conocimientos conmigo.

El Ing. Norman García, Secretario de Estado en el Despacho de Turismo posee una gran cualidad: tiene una gran fé en Honduras y en su gente. ¡Mil Agradecimientos! Gracia María Lanza, Salvador Echigoyen y Karla Calidonio, proporcionaron el apoyo logístico del Instituto Hondureño de Turismo. Siempre a tiempo y siempre con una sonrisa.

Héctor Luis Corrales, María Eugenia Fernández, Saúl Betancourt y Don Rufino Montes fueron los perfectos anfitriones en Granjas Marinas San Bernardo.

¿Vicente Murphy? Sin él, este libro no se hubiese hecho nunca; un extraordinario fotógrafo y un mejor amigo.

Francisco Avalos fue la primera persona que me escuchó en la ANDAH. Lo agradezco.

A Liliana Villeda le pedí que diseñara una obra de arte y superó mis expectativas. Un gran trabajo.

Gracias a La Vivienda por confiar en mi y por su compromiso con Honduras.

Fueron horas interminables las que pasé con Nidia Flores levantando el texto. Por su inspiración, reescribí varias partes de este libro. Te debo mucho.

Rony Lagos, Flora Salgado y Arnulfo Estrada tuvieron a su cargo la digitalización y separación de colores. ¡Excelente!

Clementina Raudales cargó con la penosa tarea de revisar el estilo. Sus correcciones y consejos le dieron forma final a este trabajo.

Olguita y César soportaron todas mis dudas y temores y acabaron imprimiendo este hermoso libro.

Finalmente, gracias a Beatriz Lovo por todo ese montón de criticas, consejos y sobre todo, confianza.

Te Amo.

BIBLIOGRAFIA

Wainwright, Félix W.
Caracterización Biofísica de la Reserva de Vida Silvestre y Pesca Artesanal de la Laguna de Invierno el Jicarito
Aquacultura Fonseca
Choluteca, Choluteca 1993

Wainwright, Félix W.
Los Manglares del Golfo de Fonseca Zona Sur. Un Ecosistema único, complejo desconocido
Sección Cuencas Hidrográficas, Departamento Forestal
Corporación Hondureña de Desarrollo Forestal
Tegucigalpa, 1989

Howell Steve N.G., Webb Sophie
A Guide to the Birds of México and North Central America
New York, Oxford University Press Inc., 1995

Ridgely Roberts., Gwynne, Jr., John A.
A Guide to the Birds of Panama
Alexander Wetmore
Segunda Edición
Princeton, New Jersey, Princeton University Press, 1989

National Geographic Society
Field Guide to the Birds of North America
Segunda Edición
Washington D.C., National Geographic Society, 1987

National Audubon Society
First Field Guide Birds
New York, Scholastic Inc., 1998

Kress, Stephen W., Dawson, John D.
Bird Life A Guide to the Behavior and Biology of Birds.
New York, Golden press, 1991